Brady Brady
et le grand nettoyage

Written by Mary Shaw
Illustrations de Chuck Temple
Texte français de Jocelyne Henri

Catalogage avant publication de Bibliothèque et Archives Canada

Shaw, Mary, 1965-
[Brady Brady and the cleanup hitters. Français]
Brady Brady et le grand nettoyage / Mary Shaw ; illustrations de Chuck Temple ; texte français de Louise Binette.

(Brady Brady)
Traduction de: Brady Brady and the cleanup hitters.
ISBN 978-1-4431-7522-7 (couverture souple)

I. Temple, Chuck, 1962-, illustrateur II. Binette, Louise, traducteur III. Titre. IV. Titre : Brady Brady and the cleanup hitters. Français

PS8587.H3473B7322514 2019 jC813'.6 C2018-905893-5

Édition publiée par les Éditions Scholastic, 604, rue King Ouest, Toronto (Ontario) M5V 1E1 CANADA.

5 4 3 2 1 Imprimé en Malaisie 108 19 20 21 22 23

Pour ma tante Dot,
l'une de mes plus grandes admiratrices.
Chuck Temple

Avril est une période de grande activité. Brady doit nettoyer son placard et faire le tri de tout ce qu'il n'utilise plus.

— Brady Brady, ta chambre est une vraie porcherie! s'exclame sa mère. C'est l'heure du grand ménage de printemps.

Selon Brady, le grand ménage de printemps est plutôt une perte de temps. C'est aussi en avril que débute la saison de baseball, et Brady a mieux à faire. Il a hâte de sortir jouer.

Même avec l'aide de Champion, il y a beaucoup trop de choses à trier.

Pendant que Brady fouille dans son placard, Champion fouine sous le lit. Il en ressort avec la balle de baseball de Brady.

— Merci, mon vieux. Je la cherchais justement, dit Brady d'un ton joyeux. Hé! Si on se lançait la balle pour s'assurer qu'elle est toujours en bon état?
Champion remue la queue. Il adore jouer à la balle avec Brady.
— D'accord, mais rien qu'une minute. Je dois continuer le ménage de ma chambre, dit Brady tandis qu'ils sortent en courant.

Brady a vite fait d'oublier le ménage, et la fin de semaine passe comme un éclair.

À l'école, le lundi matin, la directrice annonce que le terrain de baseball est assez sec pour qu'on puisse y jouer.

À l’heure de la récréation, Brady et ses amis laissent tomber leurs crayons, attrapent leurs gants de baseball et filent vers le fond de la cour pour y faire une petite partie.
En chemin, ils discutent de la prochaine saison de baseball.

— Cette année, dit Kevin, je vais tenter de frapper un coup de circuit à chaque match.
— Moi, renchérit Brady, j’espère réussir un match parfait, sans point ni coup sûr.
— Et Charlie, lui, va essayer de ne pas trébucher sur le premier but, plaisante Freddie.
Tout le monde rit, même Charlie.

Quand ils atteignent le terrain, leurs rires et leurs taquineries cessent aussitôt. Ils n'en croient pas leurs yeux.
Il n'y a pas de premier but, ni de marbre ni de monticule. En revanche, il y a une montagne de déchets! Des tas et des tas de déchets jonchent le terrain.

— Ça alors, dit Freddie, quel gâchis!

— Il doit bien y avoir une tonne
de déchets, ajoute Charlie.
Il essuie ses lunettes et secoue la tête.

— Ça ressemble plus à un
dépotoir qu'à un terrain de
baseball, fait remarquer
Caroline en plissant le nez.

— Qu’est-ce qu’on va faire? demande Titan.

Personne n’a de réponse, mais une chose est sûre : ils ne joueront pas au baseball de sitôt.

Au moment de la composition, l'enseignante dit aux élèves qu'ils peuvent écrire un texte sur le sujet de leur choix. Mais tout ce que Brady a en tête, c'est l'état pitoyable du terrain de baseball.

À la fin de la journée, Brady a toujours un placard à ranger *et* une composition à rédiger. Les choses ne s'arrangent pas.

Brady pense au terrain de baseball en promenant Champion.

Il y pense en triant quelques boîtes.

Il y pense encore en soupant. Sa mère s'aperçoit qu'il ne mange pas.
— Brady Brady, commence-t-elle, quelque chose te tracasse?
— Oui, répond Brady tristement. Aujourd'hui, à la récréation, mes amis et moi voulions jouer au baseball, mais nous n'avons pas pu. Il y a des déchets partout sur le terrain.

— C’est dommage que tu n’aies pas pu jouer au baseball, dit sa mère, mais pense à quel point ces déchets peuvent aussi affecter la qualité de l’air, les plantes et les animaux.
— C’est vrai, Brady Brady, approuve sa sœur.

Brady n’a pas vraiment songé aux animaux ni à l’environnement. Il n’a pensé qu’au baseball.

Et il y pense toujours en prenant un bain moussant. C’est alors qu’une idée lui vient à l’esprit. Il sait ce qu’il va écrire dans sa composition! Il enlève le bouchon, enfile son pyjama et court chercher un crayon dans sa chambre.

Le lendemain matin, Brady est impatient de montrer son devoir à son enseignante.

Plus tard, celle-ci l'invite à partager son texte avec la classe.

Brady lit : « Hier, je n’ai pas pu jouer au baseball pendant la récréation. Cela m’a rendu triste. J’ai compris que les déchets et tout ce qu’on jette par terre nuisent à tout le monde. Je m’inquiétais de ne pas pouvoir jouer au baseball, mais j’aurais aussi dû m’inquiéter pour notre environnement. »

Une fois que Brady a terminé, la classe reste silencieuse. C’est inhabituel que personne n’ait rien à ajouter. Mais tant mieux, car Brady a une excellente idée!

À la récréation, il se dirige droit vers le terrain de baseball et se met au travail.

Charlie est le premier à repérer Brady. Il arrête de jouer au basketball et va lui donner un coup de main.

Puis Kevin, Titan, Freddie et Caroline aperçoivent Brady et Charlie. Ils interrompent leur jeu de tague pour aller les aider.

Bientôt, c'est toute l'école qui se met au travail. Quand la sonnerie retentit, les élèves regagnent leurs classes.

— Au moins, ça ne sent plus comme dans un dépotoir, dit Caroline en regardant par-dessus son épaule.

— C'était formidable de voir tout le monde participer et travailler en équipe pour le grand nettoyage, ajoute Brady avec fierté.

À l'heure du dîner, la voix de la directrice résonne dans l'interphone :

Chers élèves, pour vous remercier d'avoir si bien nettoyé et assaini notre cour d'école, je vous invite ainsi que les enseignants à prendre part, cet après-midi, à un match amical de baseball. Les élèves contre les profs!

Tout le monde se rassemble aussitôt sur le terrain.

Avant d'effectuer le premier lancer du match, Brady lance un cri de ralliement avec toute l'école :

On est les meilleurs!
On est les plus sages!
Adieu les déchets!
Vive le grand nettoyage!

Ce match de baseball se révèle le plus amusant
de toute l'histoire de l'école!

Le samedi suivant, Brady se lève de bonne heure, mais pas pour jouer au baseball. Il est bien décidé à faire en sorte que sa chambre soit aussi propre que la cour de l'école.

Et avec l'aide de son meilleur copain, ce sera vite fait!